Sous les cerisiers d'Istanbul

Première œuvre littéraire de Shizeh.

Sous les cerisiers d'Istanbul comportant également une deuxième histoire intitulée *L'étoile de Şirince*.

Sous les cerisiers d'Istanbul

Baptiste Shizeh

Loi n°49-956 du 16 juillet 1949 sur les publications destinées à la jeunesse, modifiée par la loi n° 2011-525 du 17 mai 2011.

© 2024 Baptiste Shizeh

Édition : BoD – Books on Demand, info@bod.fr
Impression : BoD – Books on Demand, In de Tarpen 42, Norderstedt (Allemagne)

Impression à la demande

Illustration : Baptiste Shizeh

ISBN : 978-2-3225-0508-1
Dépôt légal : Juin 2024

Préface

Écrire est souvent un acte d'introspection, je n'ai jamais pensé que j'allais pouvoir écrire un jour, sans parler d'écrire un livre entier.

Vous savez, écrire ses malheurs est un exercice difficile, mais c'est souvent dans la difficulté que nous trouvons une issue, une manière d'exorciser nos peines, mieux les dompter, et qu'elle nous élève bien qu'elles aient pu nous décroître.

Sous les cerisiers d'Istanbul n'échappe pas à cette règle, et se montre pour moi, être le commencement d'une aventure dont je n'aurai jamais pensé faire l'objet.

Cet ouvrage trouve ses racines dans une expérience personnelle marquante, celle d'un enfant confronté à la violence et à la peur au sein de sa propre famille.

À travers ces pages, je me suis efforcé de donner des mots à mes souvenirs, à mes émotions, à mes luttes intérieures.

Ce récit, bien que romancé, est profondément ancré dans ma réalité, dans les nombreux tourments que j'ai vécus et dans les cicatrices qu'ils ont laissées.

J'ai ressenti le besoin d'écrire ce livre pour plusieurs raisons.

Tout d'abord, il s'agit pour moi d'une forme de catharsis, un moyen pour moi de mettre des mots sur des maux longtemps refoulés, de donner du sens à des expériences douloureuses.

En écrivant, j'ai pu exprimer et exorciser les démons qui hantaient mes pensées, mais, pour moi, il ne s'agissait pas de les renier ou de les chasser, j'ai la volonté avant tout, de les angéliser.

Ensuite, j'ai souhaité partager mon histoire dans l'espoir qu'elle puisse résonner avec d'autres personnes confrontées à des situations similaires.

La violence domestique, la souffrance familiale, ce sont des réalités que beaucoup trop de gens connaissent, mais sur lesquelles on préfère souvent fermer les yeux, et y laisser des plaies ouvertes qui peuvent s'infecter à chaque instant.

À travers ce livre, j'espère ouvrir une fenêtre sur ces réalités sombres et contribuer, à ma façon, à briser le silence qui les entoure.

Sous les cerisiers d'Istanbul a été pour moi un acte de rédemption, une manière de prendre le contrôle de mon histoire, de me réapproprier mon passé et de tracer ma propre voie vers l'avenir.

Ce livre est le témoignage de ma résilience, de ma force intérieure et de ma capacité à trouver la lumière même au cœur des ténèbres.

En espérant que vous trouverez dans ces pages un écho à vos propres luttes et une source d'inspiration pour surmonter les épreuves de la vie.

Je vous souhaite à toutes et à tous une bonne lecture.

Baptiste Shizeh

SOUS LES CERISIERS
D'ISTANBUL

Dans les ruelles sinueuses de Kuzguncuk, le mois de décembre a revêtu son manteau le plus sombre. Le ciel, plombé de nuages épais, semble peser lourdement sur les épaules des maisons colorées, leurs façades délavées par les intempéries de l'hiver. Il y a le vent glacé qui s'engouffre entre les bâtisses, faisant claquer les volets de bois et emportant avec lui les dernières traces de chaleur, et de bonheur. Je m'éveille avec un corps froid, des dents qui claquent et un nez enrhumé, tous les effets du temps humide qui règne à l'extérieur.

Tout est flou, que ce soit à travers les vitres de ma fenêtre ou dans les méandres de ma pensée. Ma lucidité m'a souvent fait souffrir, me donnant l'impression d'être désavantagé dès ma naissance. Depuis mes quinze ans, la violence et le mépris ont régné en maître dans cette maison. Comment un enfant peut-il se développer convenablement dans un environnement si toxique ?

Je n'avais pas encore la réponse, et en réalité, j'étais loin d'imaginer ce qui allait m'arriver.

Chaque matin, à cette période de l'année, je quitte ma maison et me retrouve dans les rues calmes de Kuzguncuk, toujours accompagné de l'air froid de décembre mordant mes joues rougies, je reste enveloppé dans mon manteau épais en serrant le fond de mes poches afin de me réchauffer, bien que cela ne m'enchante pas réellement, j'ai pour devoir de me rendre à l'école, située à quelques minutes de chez moi.

Chaque matin où j'emprunte le bus, m'éloignant de mon logis, je n'aime pas vraiment cette idée, ni l'école elle-même mais lorsque je me trouve dans le bus, j'y retrouve tout de même la chance de revoir mes camarades et d'autres gens se dirigeant vers leurs lieux de travail. Avec ces températures glaciales, je vois chacun d'eux emmitouflés dans leurs écharpes et leurs bonnets. Depuis que je suis scolarisé, je n'ai jamais cherché à être un élève brillant ni à me démarquer des autres. Je me contente de peu. L'école est pour moi un lieu d'ennui où règnent le stress et l'anxiété. Mais j'apprécie tout de même m'y rendre pour la stabilité émotionnelle et le sentiment de sécurité qui s'en dégage, lorsque j'y suis, je sais que rien ne peut m'arriver. En parlant de ça, le bus vient de se stopper net, les portes s'ouvrent, il est l'heure d'y aller. J'éloigne ma joue de la vitre du bus et je m'éclipse de ce dernier et me dirige vers le portail de l'établissement, j'aperçois les nuages qui se fendent laissant place aux rayons du Soleil, les nuages sombres et froids qui dominaient sur le toit du monde se retrouvent séparés. Je retrouve alors mon groupe d'amis qui attendaient mon arrivée, les voir me font du bien, mon quotidien est beaucoup plus léger lorsque je me sens accompagné, pour une fois, serein, je peux espérer passer une bonne journée. Mais ce n'est qu'espérer, passer une bonne journée… en vain.

Le soir, une fois sur le chemin du retour à la maison, le ciel, se couvre à nouveau, l'averse domine le dôme, les nuages sont encore plus sombres que ce matin, c'est comme si les anges m'envoyaient des signes, au fond de moi, une journée encore plus longues à travailler mes leçons, ce qui pourrait me satisfaire l'espace d'un instant, car en rentrant je sais que les mêmes scènes sanglantes dont je fais l'observation chaque jour m'attendent et se répètent de façon indéfectible.

Mon père, la personne qui m'a permis d'exister et de venir au monde, est le reflet de mon épouvante la plus grande. Profil d'un pervers narcissique, cet homme qui m'a mis au monde d'un amour autrefois partagé entre lui et ma mère aimée.

À vrai dire, ma naïveté d'enfant m'a souvent prêté défaut lorsque tout cet amas de violence avait lieu, après tout, on dit souvent que l'homme est le chef de la maison, et qu'il doit avoir le dernier mot sur tout, bien que cette idée ne m'enchantât pas tellement, je n'avais pas tellement le choix de m'y confronter, alors j'acceptais, impuissant, ces violences, le son des cris, et des larmes de ma mère, était-ce réellement ça, l'amour ?

C'est durant ma troisième année au collège, que mon quotidien a basculé, pourtant à ce moment-là, un jeune garçon devrait avoir comme problème que ses devoirs et ses évaluations scolaires, malheureusement pour moi ce même quotidien était rythmé des violences psychologiques et physiques que mon père infligeait à ma mère, mais aussi, à moi, chaque jour, chaque nuit, ma mère, femme forte qu'elle est, ne dira rien de tout ce qu'elle subit en premier lieu, afin de ne pas nous inquiéter, nous, ses enfants.

Surtout moi, étant le dernier-né de la famille, son devoir de parent, c'est de protéger ses enfants de tout embarras, mais qu'advient-il quand le danger vient du parent lui-même, en l'occurrence, le père ? Effectivement ma mère a dû jouer le rôle maternel, mais aussi le rôle paternel pour moi.

Tout a pris de nouvelles proportions lorsque j'ai pris conscience de ce qu'il m'arrivait, bien que je me caractérise comme étant quelqu'un de très lucide, ma lucidité d'enfant n'avait pas assez de recul sur la situation pour comprendre ce qu'il se passait dans la maison où j'ai passé une bonne partie de mon existence.

On idéalise souvent les parents, même lorsqu'ils agissent de la mauvaise façon, car ce sont nos exemples, mais en réalité nous nous rendons rapidement compte des choses anormales qui deviennent une habitude. Lorsque mes parents commençaient à discuter de divorce, j'avais énormément de mal à me rendre compte, d'à quel point tout se déchirait autour de moi. Puis malgré une prise de conscience, on normalise les choses avec habitude ce qui est mauvais et peut laisser des séquelles plus que dangereuses pour le développement.

Il y a eu un temps où ma vie semblait tourner autour des disputes incessantes de mes parents. Leurs cris résonnaient dans chaque recoin de la maison, chaque pièce devenant un champ de bataille.

Ils se disputaient pour des choses banales, mais derrière chaque mot, je pouvais sentir la profondeur de leur désaccord. Leurs conflits étaient si fréquents que la tension était devenue une compagne constante, une présence invisible mais omniprésente. La nuit, alors que je tentais de trouver le sommeil, les échos de leurs disputes m'empêchaient de fermer les yeux, il m'arrivait même, lorsque j'écoutais de la musique, d'augmenter le volume afin de ne plus entendre le son des cris, afin de me soulager de tous ces bruitages meurtriers.

Je pensais naïvement que cela mettrait fin aux disputes s'ils divorçaient, mais cela n'a fait que les amplifier. J'étais tiraillé entre deux mondes, deux réalités distinctes qui ne semblaient jamais se rejoindre. J'avais l'impression pendant quelques temps qu'on me tirait d'un côté ou de l'autre, me demandant de choisir, de prendre parti. La loyauté envers l'un semblait être une trahison envers l'autre, c'était un dilemme constant, un poids sur mes épaules que je ne savais comment porter. À cette époque, j'ai aussi découvert ce que signifiait vraiment la violence domestique. Ce n'étaient plus seulement des mots, mais des gestes, des actes qui laissaient des marques visibles et invisibles.

Chaque bruit, chaque porte qui claquait me faisait sursauter.

Les cris et les larmes s'étaient mélangés avec les grondements de l'orage et la forte averse qui avait éclaté quelques minutes auparavant lors de mon retour de l'école. Les cris et les larmes avait eu raison de moi, j'en avais marre de cette situation morbide, toute cette violence que ma mère subissait se répercutait sur moi, sur mon moral, mon bulletin scolaire qui en a pris un sacré coup également. Pourquoi se concentrer sur l'école quand sa propre vie et la vie de sa propre mère se retrouve en danger ? Mon père déversait toute sa haine sur la femme qu'il eut voulu marier et par la même occasion lorsqu'on souhaite marier une femme, nous nous devons de lui apporter de la sérénité, de l'amour, de la paix, je me suis souvent demandé quel était sa vision de l'amour ? Était-ce un jeu pour lui ?

Lorsque qu'on aime quelqu'un, l'objectif est de lui rendre la vie plus légère et de pouvoir la chérir, le fait de chérir comme étant le reflet des sentiments que l'on porte pour la personne aimée. En l'occurrence, ma mère recevait cet amour, par des commentaires déplacés, des critiques, au fur à mesure du temps, elle n'était plus une femme mariée mais plutôt une femme rabaissée. Cet amour reçu n'était plus, et la haine s'intensifia de plus en plus, jusqu'à mener à des violences physiques, et le cri de désespoir de ma mère qui demandait de l'aide, résonnait dans toute la maison, aussi, ironiquement dans ma tête comme si j'étais la maison elle-même, ce bruit assourdissant faisait s'emballer les décibels, comme un bip à la télévision qui censurait les gens qui ne s'aiment plus, j'avais seulement la quinzaine. Un jeune enfant brisé par des violences injustes et un exemple paternel qui s'éclatait contre le sol comme toute la vaisselle de la maison. Une transition invivable qui avait lieu chaque jour, l'expression « Du rire aux larmes » prenait tout son sens, l'école ne me rendait pas si heureux, mais il est important d'avouer que cela était mon seul élan de liberté durant cette période. Les larmes, elles, noyaient les meubles de la maison, arrachaient les murs, faisaient disjoncter tout l'électrique du foyer, mais aussi, tristement, ma force mentale.

Les violences, je les vois encore, dans le fond de mes pensées, comme des morceaux de papiers en feu tourbillonnant dans mon esprit. Toute cette violence est arrivée assez lentement mais sûrement, l'intensité des cris et des coups augmentait de jour en jour, jusqu'à ce que le sol craque à cause de l'humidité des larmes et que ma famille s'écroule...

Les moments où mon père frappait et insultait ma mère, la bloquait contre les escaliers, la pression psychologique qu'il mettait en place, en boucle, dans ma tête, comme si le temps s'arrêtait et que j'étais profondément maudit, prisonnier de ces actes répugnants dont j'étais impuissant et spectateur. Ce qui est véritablement vicieux chez un père tyrannique avec sa femme, c'est qu'il empêche sa victime de vivre totalement, ma mère apprécie le tricot, ou le fait de cuisiner, des tartes, des gâteaux, ou des plats, même pour des actions aussi innocentes, mon père trouvait un prétexte pour critiquer ce que ma mère faisait, elle ne pouvait pas reprendre son souffle, jamais, c'est ce qu'on appelle de l'emprise et c'est à ce moment-là que j'ai fait sa rencontre pour la toute première fois. Cette emprise que mon père exerçait sur ma mère était totalement invivable pour elle, combien de fois elle a dû penser qu'elle était en trop dans ce monde, qu'elle était une incapable, alors qu'en réalité il n'en était rien, c'est sans aucun doute la femme la plus forte que je connaisse dans ma vie, du fait de sa force mentale, et avec les nombreux sacrifices qu'elle a fait pour moi tout au long de ma vie.

Malgré cela, nous réussissions à nous sauver comme nous le pouvions, étant très proche d'elle depuis ma naissance, nous avons une forte facilité à communiquer ensemble de tout sujet, et c'est probablement la chose la plus importante que j'ai pu obtenir dans ma vie jusqu'à maintenant, car depuis petit, grandir dans un endroit assez isolé et calme comme Kuzguncuk restreint la communication et la sociabilisation, disons que, c'est facile de discuter avec tout le monde, mais il est nettement plus difficile de se sentir compris par tous, alors, moi et ma mère, nos discussions tardives, réunissais nos cœurs, les nuits, lui permettant de reprendre le souffle dont elle ressentait le manque, les choses sont plus faciles à vivre lorsque nous sommes deux, nos deux forces combinées nous rendent facilement invincibles, même si c'est durant l'espace d'un instant.

Alors, j'essayais de rendre ce souffle plus récurrent pour elle, mais aussi de façon peut-être égoïste également pour moi, après tout, je subissais tout autant la situation qu'elle bien que le degré soit radicalement différent, il est toujours très perturbant pour un enfant de voir sa famille se déchirer, d'autant plus quand cela touche à ses parents, le couple parental, est caractérisé par les premiers sentiments amoureux que voit un enfant, pour son développement, un enfant prend exemple sur ses parents et sur ce qu'il voit autour de lui, et cela influe sur sa façon de voir le monde, sa façon de grandir, et avant tout de pouvoir se trouver durant l'adolescence, certains enfants vont prendre les bons exemples et jeter les mauvais exemples des parents, et d'autres vont s'imprégner de ce qu'ils ont vu et par conséquent, s'ils grandissent dans un milieu violent et particulièrement toxique vont à leur tour développer parfois contre leur volonté des caractères et des particularités qui sont elles-mêmes toxiques et violentes, que ce soit pour eux-mêmes ou également pour leur partenaire de vie dans le futur.

Pour ma part, il était clair dans mon esprit que j'allais aller aux antipodes de ça, et que j'allais tout mettre en œuvre pour sauver ma mère, au point que parfois on peut s'oublier soi-même, ce souffle dont je parlais précédemment est le synonyme de temps passés avec ma mère, le fait de se promener avec elle, discuter avec elle, lui faire quelques présents, ou même lui témoigner mon plus sincère soutien avec des petites actions anodines, l'aider pour les tâches embêtantes du quotidien ; vider le lave-vaisselle, mettre la table, faire quelques courses, afin de participer au bon fonctionnement de la routine de la vie de famille, ces choses-là qui ont pu d'une certaine manière lui faire sentir qu'elle n'était pas seule durant cette épreuve sans parler du soutien émotionnelle et l'affection que nous nous portions mutuellement. Étant un garçon encore jeune, je minimise souvent l'impact que j'ai sur les autres et ça, je l'ai notamment compris lorsque je donnais un peu d'amour à ma mère en l'aidant, je ne pensais vraiment pas qu'un petit gars comme moi pouvait faire rayonner la journée de quelqu'un d'autre, dans ce genre de situation, on a surtout tendance à prêter attention à la noirceur en oubliant toute la lumière que peut cacher même le quotidien le plus malheureux, j'admirais aussi ça chez ma mère, me redonner de la lumière même lorsque tout laissait penser aux abysses dans lesquelles nous étions bloqués toutes ces années.

Concomitamment, la toxicité et la tyrannie que mon père opérait était toujours présente, les crises de haine et les prises de têtes était de plus en plus fréquentes, et je me rebellais de plus en plus face à mon père. À vrai dire, tout ceci avait assez duré, au-delà de la peur qui s'installait en moi de plus en plus, une relation père-fils agonisait devant la porte de la maison.

Un jour durant un repas, comme à mon habitude je venais manger sans aucune envie de me remplir l'estomac, alors, je me forçais tout en sachant ce qu'il allait se passer comme d'habitude, une ambiance digne d'un enterrement en plein repas, ma mère et moi, le cœur serré au vu de l'entente générale à la maison, et un chef de famille si on peut dire ainsi, qui savait être mesquin et désagréable, quand tout à coup, il se mit à hurler sur ma mère comme à son habitude durant le repas du midi, il en était trop pour moi, après quelques spasmes, la voix tremblotante et la boule au ventre de par la peur de ce qu'il allait arriver, j'ai saisi le verre situé face à mon assiette, que j'ai ensuite lancé à toute allure contre le mur du salon, accompagné d'un cri qui a résonné dans l'entièreté de la Turquie, passant d'Istanbul à Ankara, jusqu'à atteindre Şanlıurfa, mélangeant haine et tristesse, comme un ultime geste de rébellion et qui était la démonstration d'une goutte de trop dans le vase, une ébullition qui était camouflée depuis bien trop longtemps par un silence meurtrier, ce silence-là me rendait même coupable, comme si finalement j'acceptais de par mon silence ce que ma mère pouvait subir, après m'être retenu des semaines et des mois entiers, j'avais enfin réussi à faire entendre mon mécontentement face à la situation, cette action m'a fortement marqué, pour un jeune garçon aussi peureux que moi à cette période, elle signe le début de la fin de la tyrannie de mon père, à mes yeux c'était fini, je ne voulais plus avoir à subir et voir tout ça, il fallait que les choses changent, et très vite, mon père, sans étonnement de ma part, n'a pas eu la réaction souhaitée, il ne s'est pas remis en question, non, selon lui, encore une fois, ma mère était la seule coupable de ce que j'avais fait avec ce verre, le bruit du verre qui se casse contre le sol était comme le son des chaînes qu'un prisonnier innocent devait subir toute la journée mais qui, contre toute attente ont réussi à se briser.

Les actions comme celles-ci se sont multipliées par la suite, il était temps que je dise non aux violences conjugales que ma pauvre mère apeurée subissait, alors je me confrontais à mon père de plus en plus, jusqu'au jour où ma mère a pu puiser dans toute la force qu'elle avait pour sortir de cette emprise et a décidé de faire retentir le sifflet de fin de jeu.

Elle part de la maison familiale définitivement, pour s'installer dans un appartement, qui malheureusement, était situé seulement à quelques mètres de chez mon père. À cette période, étant toujours en pleine rébellion contre mon père, je ne savais pas comment j'allais faire, jusqu'à maintenant je vivais avec lui, mais aussi avec ma mère qui était mon plus grand soutien durant cette épreuve, et j'étais également son plus grand soutien, j'avais perdu ma plus grande alliée, mes parents avaient décidé d'instaurer une garde d'une semaine sur deux pour moi, ayant maintenant seize ans au moment des faits, je ne souhaitais qu'une chose ; Vivre exclusivement avec ma mère.

Le calvaire devait malheureusement durer quelques temps encore.

Au début, j'acceptais la situation, puisqu'après tout pour une fois les choses avaient changé, j'avais deux maisons, il était invraisemblablement plus facile d'échapper aux griffes et la pression de mon père, j'allais souvent dans l'appartement dans lequel ma mère vivait maintenant, je m'y plaisais bien, j'ai pu revivre, prendre mon souffle, les choses s'amélioraient une semaine sur deux, si on veut.

Malheureusement, ce changement n'a pas forcément généré de plaisir du côté de mon géniteur, en effet, un pervers narcissique voit ses victimes comme des proies, alors qu'advient-il quand ses proies arrivent à s'échapper et regagner une vie plus ou moins normale ?

Un excès. Cet excès, il a commencé avec du harcèlement, par téléphone notamment, ma mère recevait des centaines d'appels par jour, des milliers de messages, dans laquelle il continuait ce qu'il pouvait faire à la maison ; la rabaisser, c'est ce qu'il savait faire de mieux, alors il continua, sans s'arrêter et sans prendre conscience du mal qu'il produisait à ce moment-là, était-il conscient ?

Je n'aurais jamais la réponse je ne sais pas ce qu'il avait réellement dans la tête.

Quoiqu'il en soit, il a complètement détruit le peu de confiance de la relation père-fils qu'on avait lui et moi, bien que je n'aie jamais été si proche de lui, cet écart entre nous ne pouvait que nous séparer à la longue, il me dégoûte au plus au point.

Son harcèlement sur ma mère devenait encore plus intense qu'avant depuis qu'elle avait quitté la maison. Il devenait complètement obsédé par ma mère, une obsession si grande qu'elle occupait toutes ses pensées, tout comme les violences à la maison, c'est monté petit à petit de cran, au début, c'était plus ou moins léger à supporter jusqu'à ce qu'il décide d'aller au niveau au-dessus.

Nous étions situés au deuxième étage, dans l'appartement de ma mère, comme je l'expliquais précédemment, le harcèlement que subissait ma mère était au début un cyber-harcèlement et s'est vite répandu dans le monde réel. Le tyran, le seul adjectif qu'on peut lui donner, attendait ma mère devant chez elle, le soir à vingt et une heure précise, on peut se dire que ça n'a pas tellement de sens de venir à une heure pareille chez les gens.

Effectivement, mais en réalité, il s'agissait de l'heure où ma mère terminait le travail et donc l'heure où elle allait enfin rentrer chez elle après une interminable journée de travail, ses pensées au travail étaient également très agitées, elle reste une maman, par conséquent elle pensait beaucoup à ces enfants, notamment moi, est-ce que Barış va bien ?

Qu'est-ce qu'il fait ? Où est-il ? Comment va-t-il ?

Ce sont des questions que toute mère se pose pour son enfant et son bien-être, pourtant, ma mère en rentrant du travail se voyait directement attaquée par mon père qui l'attendait sur le parking devant son appartement. Ne supportant pas qu'elle puisse vivre paisiblement sans lui, il se devait de montrer que son emprise existait et allait perdurer, et cela durera encore longtemps. Totalement obsédé par la personne qu'est ma mère, il ira même jusqu'à la suivre jusqu'à son travail. Appeler son travail pour savoir ce qu'elle fait, où elle est, et quand j'étais chez lui. Il me posait des tonnes de questions, comme si j'étais dans un véritablement interrogatoire de police. Cette fois, c'était moi la proie, je devais répondre à toutes ces questions, la subtilité c'est qu'il voulait que je réponde ce qu'il voulait entendre.

Alors, même lorsque je disais la vérité, il n'était pas satisfait. Je me doutais bien de la suite, il va alors insister jusqu'à même se montrer violent à mon égard. La personne qui était mon père était juste devenue une personne avide de haine et une figure paternelle totalement malsaine.

Son obsession maladive le mènera à sa perte, étant donné que j'ai grandi plusieurs années avec cet environnement j'ai pu apprendre comment les personnes dangereuses fonctionnait. Il trouvait toujours des techniques pour gâcher la vie aux membres de sa propre famille, surtout ma mère, je l'ai malheureusement rapidement compris.

Il allait même jusqu'à bloquer la sonnerie de l'appartement de ma mère vers minuit pour que ça puisse la réveiller, et qu'elle soit obligée de descendre elle-même pour enlever le bâton qui bloquait la sonnette, des façons de pourrir les gens, il en avait beaucoup trop, même sur les choses matériels, en essayant de percer les pneus du véhicule de ma mère, durant qu'elle dormait en posant des vices sous ces roues arrière. Sans parler des menaces de morts qui continuait d'être omniprésente ainsi que les autres types de messages de haines, ma mère et moi avons donc porter plainte de nombreuses fois afin que tout cela cesse. Porter plainte, sans réel changement, la justice ne fait jamais grand cas de ce genre d'affaires.

On peut penser que c'est le point de non-retour, qu'il ne peut pas faire pire, et pourtant, un jour, c'est au tour de ma mère de s'occuper de moi, je viens donc aux alentours de dix-huit heures dans l'appartement de ma mère, qui me fait la bise, stressée ce jour-là, elle me dit qu'elle trouve des choses bizarres dans l'appartement.

En effet, selon elle, des objets bougent, tout seul, elle a des doutes, elle trouve que quelque chose ne tourne pas rond dans son nouvel appartement, je dois avouer, au début je pensais que toutes ces histoires la rendait folle et parano, je ne savais pas trop quoi en penser, j'avais toujours le bon soupçon vis-à-vis des différentes actions de mon père, je me disais qu'il ne pouvait pas aller plus loin que ce qu'il avait déjà fait, malgré tout le dégoût que je ressentais envers-lui, j'avais certainement, au fin fond de mon cœur, l'espoir qu'il change, et qu'il devienne un homme bien, naïf. Elle finira alors par acheter une caméra connectée par WiFi pour voir ce qu'il se passe.

Les premiers jours, il ne se passe rien d'anormal. Rien d'étrange sur les vidéos de la caméra de surveillance, tandis que le tyran continue de se faire remarquer en harcelant ma mère.

Jusqu'un jour, un mardi soir, je reçois un message de ma mère complètement paniquée, elle a vu mon père sur les vidéos de la caméra de surveillance de l'appartement, il rentrait par effraction chez elle, nous ne saurons jamais comment, ma théorie personnelle est qu'il a pu se procurer un double des clés de l'appartement de ma mère lorsque j'étais chez lui et donc que j'avais moi aussi les clés de son appartement, je pense qu'il a dû me les voler un soir lorsque je dormais, et en a profité pour faire faire un double des clés auprès de professionnels, ce qui est au passage très vicieux. Ma mère m'annonce donc par téléphone d'un ton sec que mon père a tenté de mettre le feu dans l'appartement où elle vivait, à ce moment-là, le temps s'est arrêté, il a tenté de brûler le lieu de vie de ma mère mais au-delà de ça, il a mis en danger tous les habitants aux alentours, ainsi que mes chats qui étaient chez ma mère, ma mère, ainsi que mes chats qui vivait dans cet appartement, ont été gravement mis en danger.

En somme, il avait déjà dépassé les limites mais celle-là était véritablement terrifiante, étant donné que j'étais chez mon géniteur au moment des faits, j'ai pris la décision de faire une nuit blanche, complètement angoissé par la nouvelle, et de sécher les cours afin de me rendre directement chez ma mère le plus tôt possible, dès l'aurore, et lui apporter mon soutien et voir l'ampleur des dégâts…

Mercredi, aux alentours de six heure cinquante, mon père se réveille afin d'aller au travail comme si de rien n'était, je fais semblant de dormir et une fois la voiture partie, je cours m'habiller et je fonce le plus rapidement possible chez ma mère pour la retrouver, je la serre très fort dans mes bras, elle avait dû dormir chez une amie à elle la veille, afin d'être en sécurité, je retrouve mes chats, je vérifie chaque pièce, tout va bien. Je me dis que c'est déjà une bonne nouvelle, par la suite on regarde en entier les vidéos des caméras de surveillance jusqu'à trouver le moment fatidique, on y arrive avec un peu de temps, on le voit sur la vidéo ; rentrer dans l'appartement à l'aide d'une clé comme si c'était lui le propriétaire de l'appartement, il visite, on l'entend fouiller les objets appartenant à ma mère jusqu'à ce qu'il commence à se diriger vers le matériel électrique de l'appartement. Il avait un objectif bien précis, et l'avantage c'est que cette fois, on avait la preuve de ses actes malsains ; Il a mis le feu à tous les appareils électroniques de la maison, ordinateurs, imprimantes, tout y est passé. Heureusement pour nous, le feu ne s'est pas propagé dans l'ensemble de l'appartement, et surtout, il n'a pas non plus remarqué la caméra de surveillance sans laquelle nous n'aurions pas pu prouver ces méfaits auprès de la justice.

C'était l'événement le plus traumatisant de ma vie.

Il était temps pour moi de prendre mes dispositions pour aider ma mère au mieux, j'ai eu la chance d'avoir une mère compréhensive, douce qui m'a apporté une éducation décente, on discutait énormément lorsque j'acquis du recul, sur la situation, comprendre que ce n'est pas normal, qu'un père puisse menacer et frapper une mère, qui plus est de façon très vicieuse, les personnes narcissiques possèdent plusieurs façades, plusieurs visages, qui, sont faux, et laissent très peu entrevoir leur véritables intentions aux personnes qui pourrait agir pour aider, la personne victime du tyran.

Je faisais partie de ces personnes, alors, j'ai commencé chercher des solutions pour me sortir de cette situation où j'étais maintenant le seul prisonnier à mi-temps, et me détacher complètement de mon père, après tout, il tenait mieux l'alcool que ses promesses.

Il était donc beaucoup plus simple pour moi de pouvoir mettre un trait sur mon géniteur.

J'ai donc pris la forte décision, qui aura de l'impact tout au long de ma vie mais qui a permis de me libérer de tout ce malheur ; j'ai contacté un juge pour enfants et pris une avocate spécialisée pour les enfants, étant donné que j'étais mineur au moment des faits, pour pouvoir dire ma version de l'histoire et ne plus avoir à vivre avec mon père qui me pourrissait la vie et était clairement nocif pour moi et mon développement.

Par la même occasion j'ai décidé de couper les ponts entièrement avec la famille de mon père, cela peut être considéré comme très radical, mais j'ai mûrement réfléchi à tout ça et j'en suis arrivé à la conclusion que c'était la meilleure chose à faire.

Parce que je ne peux pas cautionner et vivre sereinement avec quelqu'un de dangereux dans mon entourage, et la famille du côté de mon père qui le protégeait clairement de tout ce qu'il faisait, il en allait de mes valeurs et de mes convictions.

Il était temps autant pour moi que pour ma maman, de changer d'air, de quitter Istanbul, cette ville où nous avions tant souffert. Ce jour-là, nous avons pris la décision de partir pour de bon, de laisser derrière nous les ruelles étroites et les maisons colorées qui avaient été notre quotidien pendant tant d'années., nous avions pris, des billets d'avions pour la France, et pour partir pour de bon. Fini, Istanbul, où j'ai élu domicile dans un quartier à part durant plusieurs années de mon existence, entre les ruelles étroites et les maisons colorées qui me manqueront sûrement, nous avions trouvé un nouvel havre de paix où le temps semble suspendu et où nous pourrions enfin vivre sans aucune crainte. Après ces événement, ma mère et moi avons pris la décision de quitter l'appartement et de déménager dans une maison, dans un nouveau pays, pour une toute nouvelle vie, nous avions laissé nos traumatismes là-bas, parce que ces lieux nous remémorais trop de mauvais souvenirs, de plus nous avons eu tous les deux de nombreux stress post-traumatiques, notamment lié à la sonnerie et la peur omniprésente de se faire déranger étant donné que mon géniteur habitait à quelques mètres seulement de notre appartement il était préférable de partir.

Le départ de l'aéroport d'Istanbul était un moment chargé d'émotions diverses, nostalgie, mélancolie, tristresse, appréhension, la tête devait bien se tenir sur nos épaules. Après des années à arpenter les rues animées de cette ville où chaque coin de rue résonne des échos du passé, le simple fait de quitter cette terre est un acte de déchirement et de renouveau. Pour ma mère et moi, c'est le début d'une nouvelle aventure, une transition vers l'inconnu, une séparation d'avec une partie de notre histoire qui est restée à jamais attachée à cette ville où nous avons grandi et évolué.

C'est lorsque nous franchissons les portes de l'aéroport, que l'atmosphère devient électrique, les vibrations de nos cœurs et celles émanant de l'excitation des autres voyageurs. Ma mère, les yeux empreints d'une lueur mêlée d'anxiété et de soulagement, serre ma main avec une tendresse palpable. Elle est le pilier de ma vie, et je sens dans sa poigne la promesse d'un avenir meilleur, malgré les turbulences du passé.

Pour ma part, je suis partagé entre la mélancolie de laisser derrière moi les souvenirs qui ont façonné mon identité, mes habitudes de vie, mes amis, et l'excitation de l'aventure qui m'attend de l'autre côté de l'océan. Istanbul, mon quartier, avec ses ruelles étroites et ses bazars animés, a été le théâtre de mes premiers pas, de mes premières émotions, de mes premières désillusions.

Chaque coin de cette merveilleuse ville recèle un morceau de mon histoire, une page de mon livre de vie qui se tourne maintenant vers de nouveaux horizons. Dans la salle d'embarquement, nous attendons impatiemment notre vol, en observant avec une certaine nostalgie les passagers qui déambulent entre les boutiques et les cafés. Ma mère semble absorbée dans ses pensées, comme si elle se préparait mentalement à franchir une frontière invisible entre le passé et le futur. Je la regarde avec une forte attention et une grande fierté, reconnaissant pour tout ce qu'elle a sacrifié pour moi, pour toutes les batailles qu'elle a menées pour notre bien-être commun. Le vol vers la France est un véritable périple intérieur. Alors que l'avion fend les nuages, je me retrouve plongé dans un océan de réflexions et de souvenirs. Les visages des amis perdus de vue, les rires partagés dans les ruelles d'Istanbul, les larmes versées dans les moments de désespoir, tout défile devant mes yeux comme un film en accéléré. Je ressens un mélange de gratitude et de tristesse envers cette ville qui m'a vu grandir, qui m'a forgé à travers ses épreuves et ses beautés.

Durant des heures, je reste absorbé dans mes pensées, cherchant à comprendre le sens de ce nouveau départ. Je repense à ma mère, assise à côté de moi, son regard tourné vers l'avenir avec une détermination silencieuse.

Et puis, après plusieurs longues heures de voyage, nous voilà enfin, nous arrivons en France. L'avion atterrit en douceur, tout comme la vie qui nous attend ici, accueillis par un air frais et agréable. Ma mère serre ma main dans la sienne, un sourire radieux illuminant son visage fatigué par le vol.

Nous sommes accueillis à bras ouverts par des amis qui nous attendent à l'aéroport, je sens les larmes me monter aux yeux alors que je réalise que nous ne sommes plus seuls, ni ce sentiment d'être chassés et de ne plus être à nos places.

Nous montons dans une voiture et nous nous dirigeons vers notre nouveau chez-nous, traversant des rues familières pourtant si différentes. Je regarde par la fenêtre, absorbant chaque détail de ce paysage qui m'est nouveau. Je sais que le chemin qui s'ouvre devant nous sera semé d'embûches, mais je suis prêt à les affronter, prêt à tout surmonter pour construire une nouvelle vie remplie de bonheur, et surtout de liberté.

Vous savez cet épisode de ma vie était sûrement le plus douloureux que j'ai eu à vivre c'est pour cela qu'il est important pour moi de témoigner mes ressentis à ce sujet, cela m'a complètement changé tant dans mon comportement que dans ma façon de voir le monde, pour voir cela d'un aspect positif cela nous a permis moi et ma mère de créer des liens beaucoup plus solides, de mieux se comprendre et apprivoiser nos peurs et acquérir des expériences qui pourront nous être utiles pour notre futur, surtout pour le mien, étant donné que j'étais jeune durant les faits et que je le suis toujours, cela m'a permis de mieux analyser les personnes et voir celles qui sont dangereuses.

Après toutes ces histoires j'ai changé de numéro de téléphone et nous avons donc emménagé dans cette nouvelle maison dans laquelle on se sent à l'aise et où nous vivons en toute tranquillité.

Elle est juste parfaite, en arrivant, j'ai contemplé les imposants arbres verts, le ciel bleu, le ciel était dégagé, comme si les nuages autrefois présents à Istanbul était la personnification de nos tourments et de nos peurs. Dans ce départ pour une nouvelle vie, ma mère a également souhaité que je vois un psychologue afin d'effacer et extérioriser les traumatismes liés à mon géniteur, notamment à cause des cauchemars, plusieurs mois après les événements je faisais des rêves effrayants où mon père essayait de me tuer moi et ma mère, je dois avouer que j'appréhendais un peu le fait de voir un psychologue c'était la toute première fois que je parlais de mes sentiments à quelqu'un, surtout un inconnu, alors c'était un exercice difficile, mais nécessaire, il a pu m'aider à arrêter de faire des cauchemars et j'ai pu parler des choses qui me faisait du mal intérieurement sans que je m'en rende réellement compte.

Lorsqu'on est jeunes, on ne se rend pas forcément compte de l'impact que certains événements peuvent avoir sur nous, surtout au moment de les vivre, j'ai longtemps normaliser et accepter tout ce qu'il m'était arrivé, étant donné que je l'ai directement vécu, je ne voyais pas forcément en quoi c'était si choquant, néanmoins, lorsque j'ai dû répéter l'histoire des dizaines de fois, aux policiers lors des plaintes, au juge pour enfant, mon avocate ainsi que mes amis proches qui se demandait pourquoi je n'allais plus en cours depuis maintenant quelques semaines, c'est à cet instant précis que j'ai pris conscience de la gravité de ce que j'avais vécu et les séquelles que j'avais en parlant avec le psychologue, puis en répétant l'histoire de nombreuses fois, je me rendais compte que leurs réactions à tous étaient très importantes pour moi au final, je voyais bien qu'ils ressentaient beaucoup d'empathie, également un choc, ce ne sont pas des histoires que l'on entend tous les jours, le fait d'en parler avec d'autres personnes m'ont permis de plus facilement reprendre le cours de mon existence et également de mieux grandir mentalement, mon psychologue est le seul que j'ai vu dans ma vie, et bien que au départ c'était un souhait de ma mère pour me préserver, aujourd'hui, je suis très heureux d'avoir été parlé à un spécialiste car il est certain que cela ait joué un rôle important et non-négligeable sur ma façon d'être, notamment pour mon ouverture d'esprit, j'ai acquis une plus grande facilité à discuter et trouver les bons mots sur certains événements délicats et par ailleurs le fait de parler avec un psychologue m'a donné envie de m'intéresser à la psychologie, je voulais en faire mon métier et malgré l'abandon de cette idée de carrière j'aime toujours autant me documenter sur les différents thèmes abordés en psychologie, et qui m'aide par ailleurs à mieux comprendre les autres et leurs traumatismes, évidemment, je suis loin d'avoir l'expérience d'un professionnel mais au moins je peux mieux analyser les situations, apporter des réponses à certaines questions que des personnes ressentant un mal-être peuvent se poser et par conséquent tout cela a grandement impacté ma façon de voir les autres, mon rapport à l'empathie, je peux désormais plus facilement me mettre à la place d'une personne, comprendre pourquoi des choses peuvent la vexer, la toucher, la blesser, dans mes relations personnels pouvoir faire attention à ce que je peux dire ou faire qui pourrait brusquer les personnes en face de moi, j'ai pu comprendre tout bêtement qu'il n'y aucune finalité dans la haine, tandis qu'il y en a une dans la sagesse, propager la paix et la gentillesse autour de soi ne peut que être bénéfique pour nous mais aussi pour les autres, c'est pour cela que j'essaie du mieux que je peux d'être toujours positif que ce soit pour moi, ou pour les gens qui m'entourent, je n'ai aucune envie de faire de mal à qui que ce soit ou alors de propager des énergies négatives qui peuvent se répercuter sur les autres, et qui peuvent d'ailleurs, mettre en doute leur confiance en soi, je ne veux pas de ça, et rien que pour moi j'essaie d'être quelqu'un de sans cesse relaxé et apaisé.

Personne n'est parfait mais j'estime que si on essaie tous de faire une petite bonne action chaque jour le monde se portera sûrement mieux, et si on pouvait arrêter de penser qu'à soi et d'aussi pouvoir s'intéresser aux autres et les aider à s'élever tout serait beaucoup plus beau, une vision sûrement idyllique mais qui me plaît fortement je dois l'avouer, le positif attire le positif, la bonté est la meilleure réponse à tout nos maux. Je puise ce positif dans toutes les choses mal que j'ai pu vivre, je veux que tout le puisse, malgré les choses négatives qui peuvent arriver, qu'il ne faut pas abandonner, car tout le monde mérite le bonheur.

À la suite de ces événements, aussi tragiques qu'ils soient, je savais que la route était encore longue, je devais maintenant traverser toute la route afin de me reconstruire, après tout, j'ai maintenant seize ans, je me dois d'avancer, rendre fière ma mère, oublier ces choses qui hantait mon esprit pendant si longtemps…

Si je dois être honnête, je dois avouer que la reconstruction vis-à-vis de mon père ne m'a pas attristé longtemps, le dégoût à son égard m'avait d'ores et déjà envahi, alors, il suffisait maintenant de réparer mes petites blessures intérieures d'adolescent, notamment le grand enjeu de cette période qui marque la transition et la fin de l'enfance ; la confiance en soi. L'avantage, c'est que maintenant, j'étais dans un environnement complètement sain, ma mère, regagnait également de son côté son énergie et sa liberté qu'elle avait perdue depuis tant d'années maintenant, mais cette liberté était également accompagnée de grandes responsabilités.

Et oui, ce n'est pas rien d'élever un enfant seule, bien que je sois suffisamment grand et mature, il fallait tout de même que je garde le rythme, que je puisse réussir à l'école, qu'on puisse avoir de quoi manger dans l'assiette, tout ça, c'était un changement énorme pour ma maman, qui a directement pris les devants, en prenant un deuxième travail, de mon côté j'ai vu lors de cette période et même jusqu'aujourd'hui à quel point les parents sont prêts à tout pour nous, et en tant que personne très introspective et qui analyse beaucoup, j'ai pu comprendre d'à quel point le travail était épuisant et à quel point la vie était rude, cela peut paraître idiot écrit comme ça, mais grâce à cette événement, j'ai transformé toute cette malchance en force, je voyais ma mère faire ses efforts de son côté pour moi, alors j'ai multiplier les miens à l'école pour pouvoir lui apporter des bonnes notes, un bon bulletin, et aussi pour que moi, je sois fier de moi, parce qu'avant, mon père ne m'a jamais dit quelque chose d'agréable, pas un seul semblant de reconnaissance, alors peut-être qu'inconsciemment, j'en souffrais, j'avais besoin qu'on me dise que moi aussi je suis capable, que ce n'est pas grave d'échouer si on a au moins essayer, ce sont des choses que j'ai peu entendu, du moins pas assez pour mon moi enfant, je me trouvais parfois même étrange, parce que je me sentais pas forcément bien et libre dans ma peau malgré le fait que paradoxalement je sois réellement libre maintenant, comparé à avant, car ce sont des séquelles que mon père m'a laissé mais, j'estime qu'il faut toujours rester positif, cette positivité, je pense qu'il faut parfois la créer soi-même, s'il elle n'existe pas, on peut la faire exister, alors, j'ai instauré un certain langage avec moi-même ; « ça va aller », « le positif attire le positif ». Ce sont des phrases comme celles-ci que j'ai répété en boucle dans ma tête, lorsque j'étais entouré et que, parfois je me sentais seul au monde, lorsque je me sentais invisible, ce sont des phrases qui ont animé mon esprit pour me rendre fort, et je m'en sers encore aujourd'hui, toute la haine que j'ai également vue, les coups, la pression, toutes cette négativité ambiante qui gravitait autour de moi, j'ai décidé de la prendre et de la transformer en force et également en positivité. La façon de penser est importante à mes yeux, « Si j'ai vécu tout ça je ne le ferai pas vivre, car je sais ce que cela fait », c'est également ce que je me suis dit après les événements avec mon père, si je venais à avoir des enfants, une femme, je ne ferai jamais les erreurs qu'il a pu faire, bien que je ne sois pas parfait, que j'ai moi aussi mes propres défauts, il est hors de question que je franchisse la limite, et que des gens aient un mauvais souvenir de moi, ou que je perturbe l'existence d'autrui, ça peut être n'importe qui, je ne veux pas me résigner à être quelqu'un de mauvais, c'est aussi pour cela qu'aujourd'hui d'une certaine manière bien que ce soit particulièrement malheureux, je suis content que tout ceci me soit arrivé j'ai pu acquérir des expériences en étant jeune, apprendre à respecter les gens, à ne pas émettre de jugements sans m'intéresser, respecter les choix, les goûts, les valeurs des autres, écrire est un exutoire, faire part de ce qui a changé en moi après toute cette histoire, est important car cela peut aider d'autres personnes qui n'ont pas réussi à mettre de mots sur les violences domestiques, et car cela fait partie de moi, si je suis comme je suis aujourd'hui c'est car j'ai suivi un chemin, comme tout humain, mais j'ai également pris la décision de ne pas me laisser tomber, de ne pas me négliger et ne pas négliger les autres car on m'a négligé par le passé. Cela peut paraître logique pour une personne un minimum censée pourtant je pense que personne ne naît mauvais ou méchant, mais on le devient, il faut juste apprendre à faire la part des choses, et également vouloir se sauver, si mes deux parents étaient mauvais, et que j'aurais continué de grandir dans un environnement nocif, qui sait ce que je serais devenu.

Une fois arrivé dans ma nouvelle vie en France et m'être habitué à celle-ci, c'est à ce moment précis que tous les souvenirs d'Istanbul ont fini par réapparaître au fin fond de mon esprit. Les feuilles en feu qui tourbillonnaient dans mon esprit à Istanbul réapparaissaient ici, dans ma nouvelle vie, comme des fleurs de cerisiers tournoyant autour de moi avec sagesse et douceur, apaisant mon âme, ce que je rêvais de ressentir un jour.

C'était tout de même difficile, je dois l'avouer. Se réhabituer à vivre librement est vraiment quelque chose d'étrange. Pouvoir dormir sans craindre de recevoir des coups, ou d'entendre des cris incessants, ne plus avoir à m'assurer que ma maman aille bien, parfois d'avoir dû intervenir pour éviter que les choses ne dégénèrent, et qu'elle ne reçoive des coups, ces moments-là où je devais absorber toutes les douleurs du monde contre mon gré, ces moments-là, où mon cœur était fragile et risquait de se briser à chaque mot, à chaque voix que j'entendais autour de moi.

Tout cet apaisement me mettait au début mal à l'aise, comme si finalement, les choses normales résidaient dans la violence et la haine d'un père.

On a tellement tendance à normaliser les choses une fois qu'on a pris l'habitude de les vivre, qu'une fois que nous avons le droit à la vraie normalité, nous sommes tout autant troublés que quand notre sort était malheureux et triste. Il y a donc une réelle transition entre ces moments de conflits et ces moments de paix. Mais voir ma mère pouvoir se reposer librement, sur le canapé ou sur le fauteuil, sans avoir crainte de quoi que ce soit, m'a fait comprendre que nous avions réussi, et que maintenant, vivre ne serait plus qu'une revanche sur le monde. Nous avions pu traverser tous ces moments difficiles ensemble, et nous allions maintenant pouvoir vivre librement, en paix. C'est ce dont je rêvais le plus à cette époque, les meilleures choses résident dans les choses simples.

Je n'ai jamais autant apprécié le silence qu'après tout ça. Plus de cris, plus de souffrances. Nous entendions à nouveau les oiseaux chanter le matin. C'est toujours très agréable, même au moment où j'écris ceci. Lorsque je me réveille chaque matin, je suis très heureux et reconnaissant de pouvoir vivre à nouveau simplement, sortir de mon lit, prendre mon chocolat chaud, m'amuser avec mes cinq petits chats, discuter avec ma mère et profiter avec elle, sans forcément faire de grandes choses. Finalement, mon grand cœur est fait d'une multitude de petites choses.

Ces petites choses sont probablement mon moteur alors je suis très reconnaissant envers chacune d'elles, les fleurs de cerisiers qui se baladent dans mon esprit lorsque je repense au passé, me donne de la force. J'incorpore cette partie de mon existence avec ma vie actuelle. J'ai beaucoup appris, ces feuilles en feu ont fini par fleurir, se sont métamorphosées en délicates fleurs de cerisiers qui dansent au gré du vent, tout comme mes douleurs qui se sont transformées en force, et ma tristesse, en joie.

Chaque douleur a été un pas de plus vers la lumière, chaque pétale qui virevoltent autour de moi, m'ont permis de renaître. Je ne peux pas renier, changer ou effacer le passé, alors j'ai décidé de l'accepter, de vivre avec. Un ennemi peut parfois se transformer en ami. Il n'y a aucune finalité positive dans la haine et dans le rejet de ses émotions. D'une certaine manière, pardonner ou accepter est la meilleure façon d'avancer dans sa vie, d'autant plus que chaque fin d'histoire implique le début d'une autre.

Je n'effacerai pas mon passé, car il est devenu mon compagnon de vie. Chaque fin annonce le début d'un nouveau début, et c'est sur cette note d'espoir que je ferme ce chapitre de ma vie.
Sous les cerisiers d'Istanbul, je laisse mon cœur fleurir et mon âme grandir, prêt à embrasser les merveilles qui m'attendent sur le chemin de demain.

L'ÉTOILE DE ŞIRINCE

Ce soir-là, je rentrais comme à mon habitude, après une journée éprouvante, mon corps était anéanti par la fatigue, les bras ballants,

Ce soir-là, contemplant le dôme, il est comme une imposante toile de liberté, disponible pour nos yeux, je regardais les constellations avec vivacité comme un gastéropode, pourtant, mes paupières cédait petit à petit guidé par le chant mélodieux de la fatigue qui attendait que je tombe dans les bras de Morphée.

Ce soir-là, je m'étais endormi au plein milieu du jardin, entre le cerisier en fleur et les différentes plantes qui fleurissaient et qui attendaient impatiemment le retour du soleil.

Ce matin-là, ironiquement je me réveillait, confuse, avec un mal de tête plus qu'insupportable, mes joues avaient emprunté la forme des feuilles qui m'entouraient, j'étais toute rouge, c'est une sensation étrange que de se réveiller auprès de la nature, de ne pas être protégée par sa couverture et son coussin, dans sa chambre, dormir à la belle étoile au-dessous de la toile du monde, animée par les nuages, les intempéries et le soleil, qui visiblement voulait que je me réveille aussi tôt, je me suis tout aussi vite levé et je suis partie dans ma maison, me préparer afin de me laver le visage, revenir et dormir après une journée aussi longue que celle d'hier, ce n'est pas chose commune.

   J'avais complètement oublié qu'aujourd'hui, nous étions mardi, l'un des rares jours où le facteur passe à Şirince, un village situé en Turquie, dans les collines de la province d'Izmir. Şirince est un petit village niché dans un petit coin de rien, là où j'ai grandi, où le temps semble s'arrêter. Ses rues pavées serpentent entre des maisons blanches aux toits de tuiles rouges. Il n'y a pas de grandes écoles, j'avais dû faire des demandes dans des écoles de psychologie, sans savoir si j'allais pouvoir y accéder. Tout était centré à Istanbul, loin de chez moi. Les balcons débordent de fleurs colorées, et chaque coin de rue réserve des surprises, mais parmi elles, ce petit coin de rien, bien que la beauté envahissait ce petit morceau de paradis sur terre, il s'y cachait un défaut de taille, une petite tache rouge dans l'océan bleu comme le ciel dégagé, cette petite tache rouge, c'était le calme qui régnait à Şirince, bien que ce soit quelque chose de beau, et merveilleux, quand c'est temporaire, pour une fille comme moi qui a passée toute son enfance ici, ce silence devenait assourdissant et désagréable, je n'avais pas réellement de personnes à qui parler, ni avec qui m'amuser, c'était assez difficile d'imaginer quelque chose à faire dans ses terres perdues en plein milieu de la Turquie. Alors je devais m'occuper comme je le pouvais, le village était entouré de vignes et d'oliveraies. Je me baladais souvent au marché, où y trouve de nombreux produits locaux, des vins faits maison et des épices parfumées. J'avais par ailleurs pris quelques produits dont de la nourriture, et de la crème pour ma petite peau fragile ainsi que de quoi me faire belle, il y avait de magnifiques vêtements si peu chères, que j'avais utilisé la grande majorité de l'argent de poche qu'il me restait, cela me rendait heureuse. Mais avant tout, dans ce marché, on y trouve de la compagnie, probablement la denrée la plus rare et la plus précieuse à mes yeux là où les jours de mon existence était rythmée par la solitude et une part de nostalgie triste et vide, comme si chaque jour que j'avais passée, ici se ressemblait de manière flagrante et fracassante.

Un jour, j'ai rencontré dans ce même marché un ami nommé Emir ; il m'est d'une compagnie précieuse. Plusieurs mois après l'avoir rencontré, nous avons appris que nous étions dans la même école lorsque nous étions petits. Cela m'avait étonnée, car ici, à Şirince, le monde se fait rare et tout le monde se connaît plus ou moins. C'était comme si on avait mis cette personne sur ma route, mais que lorsque j'étais enfant, ce n'était pas le bon moment de se rencontrer, ni l'endroit, l'école est quelque chose de spéciale, ce n'est certainement pas là, que je devais rencontrer Emir et que nous allons nous apporter nos plus belles fleurs de vie, alors je vois ça comme un petit coup du destin, rafraichissant qui tombe à l'instant le plus propice.

    Je passais énormément de temps avec lui, que ce soit le jour ou même la nuit.

    Un jour, Emir m'a tendu une lettre : « Süreyya, j'ai quelque chose pour toi. » Je le regardai ; il me le disait avec un sourire timide. Ses yeux pétillaient de curiosité et de malice, comme s'il savait que ce qu'il me remettait pourrait changer quelque chose dans ma petite vie.

    Il m'a cependant directement mise en garde : je ne devais ouvrir cette fameuse lettre qu'une fois rentrée chez moi, il m'a même dit « Promets-le moi. », d'une voix sincère et calme, il semblait assurément fier de cette lettre qu'il a écrit rien que pour moi. J'aime beaucoup les promesses, c'est vrai, je ne pense pas qu'il y ait quelque chose de plus beau qu'une promesse, lorsqu'elle est respectée des deux côtés et qu'il y'a une véritable connexion entre deux personnes à ce sujet. C'est assez poétique et élégant, de plus, cela me changeait grandement de me quotidien où j'avais une grande tendance à me sentir seule et livrée à moi-même, c'était lettre était vraisemblablement un petit brin de douceur insoupçonnée qui venait éveiller en moi, un bonheur tonitruant, je n'avais qu'une seule hâte, c'était d'être rentrée, alors cette promesse je l'ai évidemment tenue.

Une fois chez moi, j'en avais totalement oublié ma routine, aussi vide que les collines alentours du village sans maisons, seulement de la verdure, lorsque je suis rentrée, en ouvrant la porte, c'est tout une autre ambiance qui s'invitait face à moi.

Une pièce à vivre, qui ressemblait davantage à une pièce à mourir, ironiquement, j'avais pourtant hâte de rentrer dans notre maison à Şirince, dès lors que je suis rentrée, mon frère se montrait déjà désagréable en réaction de ma venue, une atmosphère lourde et pesante m'a accueillie et s'était emparé de l'entièreté des pièces de la maison

Mon frère était assis dans le salon, un air sombre sur le visage. Je lui ai adressé un sourire timide, mais il n'a pas répondu. Au lieu de ça, il a commencé à déverser son venin sur moi.

« Encore toi ? Toujours à traîner dans les rues comme une vagabonde. Tu ne ferais pas mieux de trouver quelque chose d'autre à faire ou de t'occuper de la maison au lieu de perdre ton temps dehors ?" cracha-t-il.

J'ai directement baissé les yeux, sentant la douleur de ses mots s'enfoncer profondément dans mon cœur déchirant une partie déchirant ses parois les plus épaisses. Je n'avais déjà pas beaucoup spécialement confiance en moi, et il le savait, et il en jouait sûrement, les serpents savent toujours exactement où mordre pour blesser, ces attaques verbales me faisaient toujours mal, je n'osais même plus espérer quelque chose de bienveillant ou doux de sa part. Il était comme ça.

Mon seul soutien était ce miroir, qui se situait juste en face de moi, et que je contemplais régulièrement avec stupeur comme si j'étais dans un profond état d'affliction et que je demandais de l'aide à ce miroir, qui me montrait moi-même du doigt, étais-je mon propre guide ?

Peut-être bien que oui, ou peut-être bien que non, car dans mes mains, j'avais cette fameuse lettre qui n'attendait que d'être ouverte, j'ai alors fermé la porte de ma chambre à clé, et je me suis directement installé sur mon lit, et me détachant les cheveux en un seul coup de doigt, j'étais enfin prête à lire cette petite merveille…

Sur la lettre, c'était bien mon nom qui était écrit soigneusement sur le dos de l'enveloppe, je m'imaginais Emir l'écrire quelques jours plus tôt ; Süreyya Yılmaz.

C'était bien moi, et mon nom de famille, et c'est à ce moment précis que je me suis momentanément plongé dans la douceur de son écriture.

« Ma chère Süreyya,

Je prends enfin le temps de t'écrire cette lettre, car il y a des choses que je veux te dire, des choses que je pense depuis un moment.
Depuis le jour où nous nous sommes rencontrés ce soir-là, tu es devenue une partie importante de ma vie, une étoile qui brille plus que les autres dans le ciel, je me souviens encore de notre

première conversation, de ton sourire timide et de ta gentillesse.

Chaque moment passé avec toi est un moment précieux pour moi.

Je repense souvent à nos promenades dans les ruelles de la ville, lorsqu'on s'amusait à nourrir les oiseaux, à nos discussions sans fin sous les étoiles.

Tu as cette capacité à rendre chaque instant spécial, et je me sens toujours mieux après avoir passé du temps avec toi.

Que ce soit en buvant un thé au Şirince Efes Kahvecisi ou en nous promenant dans les champs, j'apprécie chaque seconde à tes côtés, et je suis bien heureux de me sentir en compagnie !

Nos deux vies ne sont pas les plus joyeuses, mais il est clair qu'ensemble, nous sommes largement plus fort !

Tu es une amie précieuse, Süreyya, et je veux que tu saches à quel point je tiens à toi.

Tu es forte, courageuse et bien plus capable que tu ne le penses.

Même si parfois les choses sont difficiles, surtout avec ta famille, et parfois à l'école, lorsque les autres élèves essaient de te faire du mal, je veux que tu te souviennes que tu as quelqu'un qui croit en toi et qui est là pour toi.

J'espère qu'un jour, nous pourrons voyager le monde et pouvoir contempler ces étoiles partout dans le monde, les voir de Şirince à Paris, en passant par l'Égypte et ses pyramides et en faisant un détour par le Mont Nokogiri au Japon.

Cette lettre est simplement comme un météore se décrochant du ciel pour arriver jusqu'à toi, et qui peut-être illuminera certains de tes jours…

J'espère que nous continuerons à partager encore beaucoup de beaux moments ensemble. Ne laisse jamais les paroles de quelqu'un d'autre te faire douter de ta valeur.
Avec toute mon amitié,

Emir »

Cette lettre a longtemps raisonné en moi après sa lecture, c'est la toute première fois que j'avais en ma compagnie, une personne soucieuse de moi, et qui prends le temps de me faire savoir ce qu'elle pense de moi. Ma famille a toujours été compliquée. Mon père, est un homme dur et autoritaire, n'a jamais cru en l'éducation des filles. Il pensait que notre place était à la maison, à servir les hommes de la famille.

Ma mère, quant à elle, était une femme très proche de ses enfants, encore plus de moi, étant la seule fille de la famille, malheureusement écrasée par la peur de mon père. Elle m'a appris à être forte en silence, à supporter sans me plaindre. Mon frère aîné, lui, a suivi les traces de mon père, perpétuant cette culture de domination masculine. Je me sentais alors assez perdue et seule, jusqu'à ce qu'Emir devienne mon ami et m'apporte ce dont j'avais besoin pour pouvoir vivre de la meilleure manière ma vie en tant que femme, je me sentais pour l'une des rares fois de mon existence, comprise et aimée.

La nuit commençait à tomber tout comme la fatigue sur mon visage, je devais descendre pour aller manger avec ma famille, Assise à la table, j'observe mon père qui prépare le dîner avec une concentration intense. Chaque mouvement est accompagné d'une aura, d'une autorité imposante, rappelant son statut de patriarche de la famille.

Je me sens tendue en sa présence, consciente que chaque interaction avec lui est une occasion potentielle de conflit. Son regard sévère et ses manières autoritaires, je les vois comme une épée suspendue au-dessus de ma tête, prête à tomber à la moindre provocation, une véritable épée de Damoclès.

Alors que le repas est prêt et que nous nous asseyons à table, un silence pesant s'installe entre nous. Le bruit des couverts sur les assiettes résonne dans la pièce, soulignant l'atmosphère tendue qui règne entre nous, personne ne parlait vraiment, ou alors avec une fermeté qui pourrait éveiller les grands endormis.

Soudain, mon père brise le silence d'une voix dure : « Süreyya, j'ai remarqué que tu passais encore du temps avec ton ami aujourd'hui. Je t'ai déjà dit que ce n'était pas convenable pour une fille de notre famille d'avoir des liens avec un garçon comme lui, c'est une mauvaise fréquentation pour toi, tu ne devrais pas sortir dehors si tard et errer de cette façon. »

Je ressens un mélange de frustration et de colère bouillonner en moi face à ses mots. « Emir est mon meilleur ami, père", réponds-je avec fermeté mais tout de même avec une certaine retenue. Il est le seul qui me comprend vraiment dans ce minuscule village. »

Mon frère regardait la scène avec attention, et lança des commentaires déplacés avec violence dans son timbre de voix : « As-tu vu comment il s'habille ? C'est un garçon mal-élevé qui n'a rien à faire avec toi ! Tu mérites bien mieux comme entourage ! »

Ma mère, elle, restait immobile, fixant son assiette ne souhaitant pas participer à cette querelle, mais je ne pouvais pas lui en vouloir, elle se sentait tout aussi désemparée que moi… Ce genre de commentaires étaient tellement fréquent que parfois, je n'y prêtais plus tellement attention, mais lorsque cela avait un rapport avec une personne que j'apprécie, mon cœur se tordait dans tous les sens comme une manivelle cassée.

Un peu plus tard durant le repas, je décide d'aborder un sujet qui me préoccupe depuis un moment, mes parents semblaient de plus en plus en difficulté et nous manquions de quoi vivre fréquemment, j'ai dit : « J'ai remarqué que les factures s'accumulent et que nous avons des difficultés financières. Il y a de moins en moins nourriture à la maison, et l'électricité coupe souvent, il n'y a plus d'eau chaude non plus lorsque je dois me laver. »

Mon père, ses yeux s'ouvrant en grand, agitant brutalement son couteau et sa fourchette sur la table, son regard se durcissant. « Et que proposes-tu, Süreyya? Tu penses peut-être que tu sais mieux que moi comment gérer cette maison ? » avec un ton encore plus sec que le dernier.

Tout cette froideur pour une simple question. Je suis alors sorti de table très rapidement, afin de reprendre place dans mon cocon ; ma chambre, là où j'ai lu cette lettre pleine d'espoir. Je ne comprenais pas pourquoi mon père était souvent désagréable avec moi, ainsi que mon frère qui avait toujours un reproche à me faire ou des critiques incessantes pour me rabaisser, à cause de ces choses-là, je n'avais pas une grande confiance en moi.

Étrangement, je n'avais pas réussi non plus à devenir amie avec une fille qui habitait près de chez moi, donc pas de compréhension sur les différents sujets que je pouvais avoir envie d'aborder, à l'école j'étais la risée de mes camarades de classe, qui se moquait de moi et se montrait irrespectueux car j'étais une fille, et que c'est peut-être plus facile de s'attaquer à quelqu'un sur son physique, sur ses vêtements, et parce que je ne peux rien faire contre cela toute seule, alors je ne disais rien, je suis toujours restée silencieuse, en fin de compte, tout ce qu'avait vécu Emir, sous les critiques de ma famille ou sous les critiques des gens qui nous entourait, je l'avais moi aussi expérimenté et ce depuis longtemps.

C'est comme si nos deux cœurs avaient vécu les mêmes choses mais que nous ne nous connaissions pas il y a encore quelques mois.

Une sorte de connexion spirituelle qui connecte deux âmes, au bon moment, le bon moment je l'ai vraiment trouvé lorsque je l'ai rencontré sous les étoiles.

En grandissant, j'ai souvent eu l'impression que la vie me testait à chaque tournant, puis ma mère me disait souvent « Chaque épreuve est mise sur ta route pour te renforcer, affronte-les et fais tout pour en sortir victorieuse ! »

Elle ne parlait pas beaucoup pourtant, mais lorsqu'elle le faisait, c'était avec une grande volonté d'apporter une force nouvelle à mon esprit, mieux endurer les chocs et mûrir…

Je pense qu'au fond d'elle, ma mère avait surtout la volonté que je devienne une femme plus forte qu'elle n'ait pu l'être, afin que je puisse vivre toute ma vie comme je l'entendais, elle m'a éduqué de façon à être une femme indépendante, épanouie, et souhaitait à tout prix que je puisse courir après mes rêves jusqu'à ce que je puisse les attraper dans le creux de ma main.

Malgré la force et le temps qu'elle mettait dans mon éducation pour que je devienne une personne complète, j'avais tout de même du mal à ne pas être blessée par certaines choses, j'étais seulement une personne timide, une coquille fragile, je me cachais derrière mes longs cheveux comme pour échapper à un destin dont je ne voulais pas faire l'objet, j'y repense souvent lorsque je me revois à l'école je franchissais le portail rouge avec une boule au ventre, sachant que j'allais devoir affronter l'hostilité de mes camarades.

Dès petite, je savais à quel point les humains pouvaient se montrer vicieux, et ce même et surtout quand nous sommes dans la récréation, les cris d'amusements pouvaient rapidement se transformer en pleurs, un garçon qui tombe sur le goudron réchauffé par les rayons du soleil. À cet âge, les enfants peuvent être cruels, surtout envers ceux qu'ils perçoivent comme différents.

Dans mon cas, la différence était simplement d'avoir des idées et des aspirations qui dépassaient les attentes des personnes de mon âge. Mon envie d'apprendre et de réussir ne plaisait pas à tout le monde, surtout pas à ceux qui se contentaient de suivre le troupeau sans poser de questions.

Puis, lorsqu'on aime penser, nos questions deviennent des débats, il y a eu de nombreuses guerres dans ma tête, chaque question n'a pas que pour réponse qu'un « Oui » ou un « Non », et c'est notamment ça que j'ai compris très jeune, je retournais chaque question d'un sens et d'en l'autre pour en découvrir toutes les spécificités, toutes les failles, et tout ce qu'on peut apprendre avec un simple point d'interrogation. Le monde n'aime pas les personnes différentes à eux, le harcèlement a pris de nombreuses formes. Il y avait les moqueries incessantes, les surnoms blessants, les ricanements dès que je prenais la parole en classe.

Les mots sont des armes puissantes, et les leurs m'atteignaient profondément. Chaque insulte était comme un coup de poignard, sapant ma confiance en moi et me laissant me sentir isolée et vulnérable.

Il y avait aussi les gestes plus insidieux. Mes affaires disparaissaient mystérieusement ou étaient cassés, mon cahier de cours ; déchiré ou couvert de mots insultants. Un jour, ils ont même jeté mes livres dans les toilettes, riant aux éclats alors que je les récupérais, les larmes aux yeux.

Mais ce qui faisait le plus mal, c'était sans aucun doute l'indifférence des adultes face à ma situation.

Les enseignants semblaient fermer les yeux sur ce qui se passait sous leur nez, pour ne pas avoir de problèmes avec les parents d'élèves, je me souviens avoir cherché du réconfort auprès de l'un de mes professeurs, espérant qu'il interviendrait. Mais tout ce que j'ai obtenu, c'était un haussement d'épaules et un conseil de « ne pas prêter attention aux autres enfants ».

 Comme si ignorer la cruauté pouvait la faire disparaître.

À la maison, la situation n'était évidemment pas meilleure. Mon père considérait mes plaintes comme des signes de faiblesse. « Tu dois être forte, Süreyya. La vie n'est pas tendre avec les faibles » disait-il souvent.

Il arrivait parfois qu'il me frappe, ou me punisse, mais il agissait aussi de façon à avoir une forte emprise sur moi aussi sur le plan psychologique, c'est très difficile de se faire insulter ou de ne pas se sentir compris envers ses parents, c'est comme si les personnes qui m'ont mise au monde n'avait aucune compassion ou aucune connaissance de ce que je pouvais ressentir, se sentir incomprise est un sentiment qui est horrible et très difficile à vivre.

Pourtant lorsque j'étais petite moi et mon père étions très proche, j'étais sa petite princesse, et nous passions énormément de temps ensemble, il jouait avec moi, et j'étais très heureuse, il me faisait sourire, malheureusement plus je grandissais et plus je devenais une femme avec des envies et des besoins plus puissants, une sorte de distance s'est créé et les nuages gris dans le ciel ont continué à apparaitre jusqu'à ce que la pluie nous salut, avec ses millions de larmes qui tombait sur nos terres. Il devenait méchant et invisible pour la simple et bonne raison qu'il n'était pas d'accord avec mon cheminement de pensée, les douleurs les plus fortes proviennent souvent d'attaques psychologiques et pas forcément que des attaques physiques, bien qu'elles soient tout autant traumatisante pour un homme ou une femme comme moi.

Ma mère, résignée et silencieuse, n'osait pas contredire mon père. Elle me prenait dans ses bras parfois, en silence, mais ses gestes réconfortants ne pouvaient pas effacer la douleur que je ressentais chaque jour.

Il y avait des moments où j'avais envie de tout abandonner, de céder à la pression et de devenir invisible. Je sais que mes émotions ne sont pas toujours faciles à gérer, mais j'aimerais juste que mon père me comprenne parfois. Chaque fois que j'essaie de lui parler de ce que je ressens, il semble juste m'ignorer ou invisibiliser mes sentiments. C'est comme si mes émotions n'avaient pas d'importance pour lui, et cela me fait me sentir tellement seule. Rien de ce que je fais ne semble jamais être assez bon pour lui. Ses paroles coupent comme des lames de rasoir, et je me retrouve souvent à douter de moi-même.

Pourtant quelque chose au fond de moi refusait de se soumettre. J'ai commencé à écrire pour extérioriser ma douleur. Chaque soir, je remplissais des pages de mon journal avec mes pensées et mes émotions, créant un refuge sûr où je pouvais être moi-même, sans jugement ni cruauté, je torturais moi-même mes mots les uns avec les autres, je réalisais ma petite vengeance de ma façon, probablement plus scène que celle que mes détracteurs réalisaient eux-mêmes sur des personnes plus faibles qu'eux, malheureusement c'est souvent comme ça, j'aurais beau vouloir donner du tort à mon père, parfois c'est vrai que le monde est très cruel, la loi du plus fort règne avec une plus grande facilité que la loi du bien.

J'utilisais donc mes mots comme des flèches et mon stylo comme un arc, l'écriture est devenue rapidement ma petite thérapie personnelle, un moyen d'exorciser chacun de mes démons. Mettre la douleur sur papier c'est ce qui renforce l'âme. Puis apprendre à empiler les mots comme des briques pour pouvoir se reconstruire soi-même c'est la plus belle forme de guérison chez un humain !

Puis maintenant, il y a Emir qui voit au-delà des apparences et m'accepte pour ce que je suis.

Personne ne devrait souffrir car il est lui-même, malheureusement chez les enfants mais aussi certains adultes, c'est le jugement qui prime. Ces gens ne veulent pas retenir la leçon, il ne faut jamais trop parler quand on ne se sait pas. Il faut s'intéresser à l'intérieur d'une maison, contempler sa beauté, avant de juger sa réelle valeur, c'est un peu comme ma maison, dans mon petit village perdu ; vue de l'extérieur, elle ressemble à toutes les autres, elle possède des volets en bois et des fleurs qui grimpent le long des murs, mais ceux qui se fient uniquement à cette apparence ne voudront jamais rentrer à l'intérieur. Ils ne savent pas que derrière ces murs peu attrayants, il y a des choses à découvrir, il ne faut pas juger une maison à son apparence extérieure, ni une personne humaine, ça n'a pas de sens.

Ce n'est qu'en entrant, en écoutant et en observant de plus près qu'on peut comprendre la véritable histoire de ceux qui y habitent.

Pour les personnes c'est pareil, j'aimerais vraiment que les gens prennent cette habitude de pouvoir s'intéresser aux autres sans voir une surface qui peut les attirer, mais parfois pouvoir se laisser transporter par l'ivresse et la douceur de l'inconnu, pouvoir s'intéresser à une âme avant un corps…

Avec Emir c'est exactement ce qu'il s'était passé, notre rencontre a remué beaucoup de bien en nous, nous avons pu enfin nous sentir compris et avoir une épaule sur laquelle se reposer en cas de besoin, un bien précieux, un cadeau du ciel.

Grâce à lui c'était beaucoup plus facile de discuter et dire mes points de vue sur les choses, que ce soit à lui ou même à ma famille. C'est un véritable soutien émotionnel qui est significatif pour moi !

Mais lorsqu'il n'est pas là, c'est une tout autre histoire, je sais que les choses que je déteste vont recommencer, mon père ne voit pas tellement d'un très bon œil que je le fréquente, et un soir, il me l'a fait comprendre en me punissant de sortie, je devais rester enfermé chez moi, comme un animal dans une cage dorée.

De plus, les vacances venaient de commencer, alors je n'avais aucun moyen de sortir, aucune excuse valable pour qu'il puisse me laisser en liberté quelques heures ça devenait réellement étouffant.

Je sentais la panique monter en moi. La seule lumière dans ma vie, mes moments avec mon ami est en train de m'être arrachée, et je suis impatient. J'avais beau lui demander « Papa, s'il te plaît, je peux sortir dehors. Je ne fais rien de mal. » Mais il restait inflexible ; « Tu resteras à la maison. Et pas de discussions. »

Je n'aimais pas cette injustice, car mon frère, lui avait le droit d'avoir des amis, le droit de sortir quand il le voulait, c'était injuste je n'en pouvais plus.

Je restais enfermée dans ma chambre du matin jusqu'au soir, je n'en pouvais simplement plus, la vie devenait de plus en plus rude avec moi, mon père devenait fou de rage pour si peu de choses, et ma mère n'osait pas réagir, ni me protéger, mon frère lui, était toujours désagréable envers moi.

Parfois, j'ai l'impression de vivre dans une prison dorée. Quoi que je fasse mon père veut toujours savoir où je suis, ce que je fais, et avec qui je suis, jusqu'à ce qu'il m'enlève tout le monde. Au fond, pense qu'il le fait parce qu'il veut juste me protéger, mais cela devient étouffant parfois.

   Après avoir passé plusieurs semaines difficiles toute seule, j'ai pu convaincre mon père pour pouvoir aller chercher un travail pour pouvoir aider à subvenir à nos besoins familiaux. Une occasion se présentait à moi, j'avais besoin de me faire de l'argent quelques mois pour réaliser mon rêve ultime qui est de devenir psychologue, j'admire la compréhension des autres, pouvoir les aider, je pense que cette vocation est née en vivant des choses difficiles, et depuis petite, le manque du contact humain m'a sûrement attirée inconsciemment vers ce genre de choses. L'humain peut parfois paraître limité tant dans les façons de pensées que dans les comportements, mais c'est à la fois le plus vaste, l'esprit humain est très vaste, et il est très important de s'y intéresser de pouvoir avoir une compréhension et une intelligence émotionnelle, pour pouvoir mieux vivre en tant que personne, mieux vivre avec les autres. Pour pouvoir accéder à ces écoles, j'avais déposé secrètement sans le dire à personne, pas même Emir, plusieurs candidatures dans des écoles en plein centre d'Istanbul, cela me faisait peur, je craignais l'inconnu mais c'est ça qui me plaisait le plus, et qui allait pouvoir faire de moi une femme heureuse et accomplie, je me sentais au fond de moi prête, j'avais en plus reçu une réponse positive dans une grande université d'Istanbul, je me sentais comblée. Mon père a fini par me laisser partir, dans les ruelles de mon petit village, en route pour trouver un petit travail qui me servira grandement pendant quelques temps, et qui me permettra de mettre un peu d'argent de côté pour aider mes parents et pour pouvoir financer mes futures études à Istanbul…

Après m'être levée de très bonne humeur, pour une fois, la lumière douce du matin caressait mes joues passant entre mes cheveux, et traversait l'ensemble de mon village de Şirince, faisant briller les toits de tuiles rouges. Vêtue de ma robe simple mais élégante. Aujourd'hui, j'avais décidé de chercher un travail pour gagner mon indépendance et échapper, ne serait-ce que quelques heures par jour, aux griffes de mon père. J'étais contente car malgré la tristesse de la situation, nos difficultés financières était la seule façon de persuader mon père de pouvoir travailler et donc à avoir un accès à un petit peu de liberté.

En descendant la ruelle principale, mon cœur battait la chamade. La tache allait être rude dans mon bon vieux village, il était beau mais offrait peu d'opportunités. Je suis passée devant la boulangerie tout près de chez moi et l'atelier de poterie, mais aujourd'hui, j'avais une destination précise en tête : le nouveau bar à chats qui venait d'ouvrir.

Le Café Kedi Cenneti, était la nouvelle attraction ici, c'est ma tante Derya qui le tient, je me suis donc dit que ce serait une bonne idée de pouvoir travailler auprès d'elle et de plus, le cadre de travail me plaisait fortement, j'ai toujours eu une relation spéciale avec les chats, de plus ce café est un lieu charmant qui est devenu très vite prisé par les habitants du village qui veulent venir se détendre en compagnie de nombreux chats.

J'adore les chats, travailler ici serait parfait pour moi.

En entrant, j'ai été accueillie par le doux ronronnement des félins et l'odeur apaisante du café fraîchement préparé.

Tante Derya était derrière le comptoir, souriant aux clients. En me voyant, elle a levé les yeux et m'a souri chaleureusement, d'une voix enjouée.

« Coucou, Süreyya ! Que fais-tu ici ? je suis contente de te voir ! » a-t-elle dit le sourire aux lèvres.

J'étais très heureuse de la revoir et je répondis : « Bonjour, Derya ! Je vais très bien merci ! Je suis venue dans ton bar à chats car je cherche actuellement un travail pour pouvoir subvenir à mes besoins et me faire un peu d'argent, comme le bar vient d'ouvrir je me demandais si tu désirais avoir de l'aide ! »

Elle a directement hoché la tête, son regard devenant plus sérieux. « En effet, nous cherchons quelqu'un pour nous aider avec les chats et pour servir les clients. Tu penses pouvoir gérer ça ? »

J'ai souri, sentant l'espoir grandir en moi. « Oui, j'adore les chats, ce serait vraiment un honneur de pouvoir travaillé à tes côtés et me serait d'une très grande aide ! Je suis prête à travailler dur. »

Derya a réfléchie un instant avant de répondre. « Très bien, Süreyya. Nous avons vraiment besoin de quelqu'un qui aime les animaux et qui sait s'occuper des clients. Si tu es prête, je n'y vois pas de problème et je pense pouvoir te faire confiance, le poste est à toi, tu nous rejoins dès la semaine prochaine ? »

J'ai accepté avec une grande joie. Derya m'a montrée soigneusement les tâches à accomplir avant que je reparte à la maison : nourrir les chats, nettoyer leurs espaces, et bien sûr, servir les clients avec le sourire.

Je lui ai même expliqué ma situation avec mon père et elle a directement accepté de m'héberger quelques temps à l'étage au-dessus du bar à chats pour que je puisse vivre paisiblement loin de mes problèmes, me voyant déjà à l'œuvre, entrain de jongler entre les chats curieux et les commandes de boissons.

Vivre enfin indépendamment des autres, et c'est un très beau cadeau !

Avant de prendre mon envol je devais évidemment revoir Emir une dernière fois, pour le remercier pour tout.

21 heures, le soleil s'était couché depuis bien longtemps, je n'étais toujours pas à la maison.

Sous le voile doré du crépuscule, Emir et moi nous retrouvions après de longues semaines, autour de nous, une vaste étendue de verdure, nous nous sommes couchés dans l'herbe, regardant les différentes étoiles, notre retrouvaille illuminait à elle seule notre petit village perdu, nous étions comme deux constellations, liées par des fils de lumière et d'amitié, mais ne pouvant échapper à un trou noir qui allait séparer notre destin commun.

Il avait été mon guide à travers les ténèbres, une sorte de lampe torche dans l'obscurité qui m'a permise de pouvoir trouver ma route et de ne pas me perdre.

Je l'ai remercié du plus profond de mon cœur de toute l'aide qu'il m'a offert en lui promettant que nous allons nous revoir un jour.

C'était à mon tour de lui offrir quelque chose je voulais lui offrir quelque chose qui symboliserait notre amitié et notre soutien réciproque.

Avec des mains tremblantes mais déterminées, j'ai sorti de ma poche un petit muska, c'est un talisman que ma grand-mère m'avait donné pour me protéger contre le malheur. Il était orné de motifs scintillants, et je savais qu'il était chargé de toute la bienveillance et de l'amour possible depuis que je l'ai !

« Emir, » murmurai-je, tendant le muska vers lui, « je veux que tu prennes ça. C'est un muska, un talisman pour te protéger contre le malheur. Ma grand-mère me l'a donné quand j'étais petite, et je veux que tu le gardes avec toi, où que tu ailles. C'est mon objet le plus précieux, et tu es le plus méritant de l'avoir ».

Emir prit le muska entre ses mains, ses yeux brillants d'émotion. Je pouvais sentir le poids de nos souvenirs partagés, de nos rires et de nos larmes, imbriqués dans chaque centimètre de ce petit talisman.

« Merci, Süreyya, » dit-il doucement, sa voix pleine de gratitude. "Je le garderai toujours avec moi, comme un rappel de notre amitié et de tout ce que nous avons traversé ensemble. »

Nous nous sommes serrés dans les bras, dans une dernière petite étreinte, nos cœurs lourds mais pleins de compréhension l'un envers l'autre, et de nostalgie pour les moments précieux que nous avions partagés. Même si nos chemins devaient être différents, je savais que notre amitié resterait éternelle, comme un muska porté près du cœur.

Avant de rentrer, j'ai décidé de prendre l'exemple de mon ami Emir que je ne vois plus depuis quelques temps maintenant, et d'écrire une lettre à mon père pour lui faire comprendre que je n'appréciais pas ses réactions à mon égard, j'écrivais :

« Cher père,

Je sais combien la vie peut être difficile et combien les temps peuvent être dur, mais ne sois pas difficile avec moi, je ne suis qu'une simple femme qui cherche à être épanouie, et je ne veux plus me priver de vivre comme je l'entends, car bien que tu sois mon père, je dois vivre pour moi, alors j'ai pris la décision de quitter la maison que tu le veuilles ou non.

Il est temps que je prenne mon envol, je ne te demande pas de comprendre, mais de me laisser partir. J'ai trouvé une opportunité à Istanbul, une bourse d'études qui me permettra de continuer mon éducation et de construire un avenir meilleur. C'est une chance pour moi de grandir, de devenir indépendante et de trouver mon propre chemin.

Je sais que cette décision te rendra furieux, mais je dois le faire pour moi-même. Je ne peux plus vivre dans la peur et la soumission. J'ai besoin de croire en un futur où je pourrais être heureuse et accomplie.

Je pars ce soir, Papa. Je prends cette décision non pas par manque de respect pour toi, mais parce que j'ai besoin de vivre. J'espère qu'un jour tu pourras comprendre pourquoi j'ai dû faire ce choix.
Je t'aime, malgré tout, et j'espère que tu trouveras en toi la paix et la compréhension.

Je te dis au revoir avec l'espoir qu'un jour, nous pourrons nous retrouver avec un cœur apaisé.

Ta fille.

Süreyya

Fin

L'étoile de Şirince

Sous les cerisiers d'Istanbul

LETTRE AUX BELLES ÂMES

J'adresse ce message à toutes les personnes qui ont souffert, qui souffre, ou qui vont souffrir, sachez que votre sort n'est pas scellé.

Je sais combien nous pouvons penser au pire, et à l'abandon, une perte de force conséquente qui peuvent nous pousser à croire que nous ne méritons pas une vie paisible et heureuse, et si j'avais donné raison aux situations qui se sont mises sur mon chemin, je vous aurais sûrement donné raison. Mais si j'écris ceci, vous vous en doutez c'est car j'ai pu traverser la route, et je savoure d'autant plus le bonheur que je peux avoir aujourd'hui. J'estime que nous n'avons pas réellement connu l'échec si nous n'avions pas eu des barrières sur notre route, j'aurais toujours un profond respect pour toutes les personnes qui ont souffert en silence et qui ont décidé de tout garder pour eux, c'est sûrement vous les personnes les plus courageuse dans ce monde, alors, je voulais vous féliciter d'être vous.

N'ayez pas honte de souffrir, n'ayez pas honte de ressentir des choses, c'est ce qui est de plus humain.

La douleur que vous allez rencontrer au cours de vos vies ne sera jamais supérieure à ce que vous pouvez supporter, et vous vous rendrez compte tôt ou tard que malgré la difficulté de certains évènements, ils sont là pour vous aider à grandir et pour acquérir des expériences dont vous avez, et vous aurez besoin tout au long de votre vie.

Pour ma part c'est cette force mentale, et cette bonté qui a grandi en moi après avoir vécu tout ça.

Je pars du principe que si j'agis je sais que mes intentions sont pures, que je suis sincère dans mes différentes démarches auprès des gens, c'est le principal, il est important de laisser les gens penser ce qu'ils veulent, et de faire de son mieux, créer une indulgence envers soi-même et envers les autres, ne critique pas les méfaits des autres car ils peuvent devenir tes propres méfaits, et ne pas porter de jugements hâtifs sur les gens qu'on ne connaît pas, et dont on ne connaît pas non plus l'histoire.

On ne peut jamais savoir ce qu'une personne a vécu pour réagir de la façon avec laquelle elle le fait.

Alors apprenons à être bienveillants, et à nous intéresser aux gens au-delà de la façade qu'elle laisse transparaître, encore plus aujourd'hui, dans une société où règne l'apparat et la fausse bien-pensance.

J'encourage chacune des âmes qui va me lire, de croire en elles, aux rêves qui les fait vibrer et qui épanouit les jours et les nuits qu'elles passent. Apprivoisez le bon, propager le bon, et vivez avec le bon.

Vivez sans regrets, et prenez soin de vos cœurs, bien qu'ils aient pu être blessé un jour, ne cessez pas d'espérer, car le bonheur appartient aux bonnes personnes, vous aurez ce que vous méritez.
Les personnes qui souffrent le plus dans leurs vies finiront par avoir ce qu'ils méritent, je le promets.

SOUS LES CERISIERS D'ISTANBUL

Cette histoire est complètement inspirée de mon vécu, je suis très heureux et fier de moi d'avoir pu écrire tout ça, c'était assez difficile de mettre des mots sur une histoire traumatisante, les souvenirs se mélangeaient souvent dans mon esprit, puis cela me faisait parfois du mal de revoir certaines scènes, de me sentir vulnérable en replongeant dans le passé, mais d'une certaine manière, le faire m'a permis de totalement exorciser et dompter mes douleurs, pouvoir mettre un mot sur ses maux, aussi bête que cela est écrit m'a franchement aidé à mieux agir et me sentir bien dans ma peau.

Cela a eu un impact certain sur mon empathie et l'amour que je porte envers chaque humain que je côtoie.

Chacun est humain, chacun a eu des vécus pas forcément évidents, je l'ai aussi écrit pour toutes les personnes qui ont pu vivre des choses compliqués avec des membres de leur famille, c'est pas facile à vivre, mes écrits ne sont pas révolutionnaires mais j'espère que certains pourront trouver quelques réponses dans mes quelques écrits, pourront se sentir compris, et pourront être étonné que quelqu'un d'autre à vécu des choses similaires, vous n'êtes pas seules, et vous n'êtes pas fautifs.

L'ÉTOILE DE ŞIRINCE

Cette histoire-ci sort complètement de ma tête avec inspiration, j'avais la volonté de créer quelque chose de nouveau, en me mettant à la place d'une femme, et aussi inclure des choses que je n'ai pas pu aborder dans Sous les cerisiers d'Istanbul notamment l'importance de l'amitié lorsque notre vie est au plus bas, que la route est longue, elle l'est toujours moins quand nous avons des amis qui sont là pour nous accompagner.
J'ai pris du plaisir à écrire cette histoire, malgré certaines difficultés à replonger dans quelque chose d'horrible et négatif, je ne me vois jamais terminer une histoire ou un écrit avec une fin négative, la volonté ici est d'apporter du bien aux gens et de ne pas ruiner le moral.

À PROPOS

L'histoire intitulé Sous les cerisiers d'Istanbul suit l'histoire d'un jeune garçon nommé de seize ans nommé Barış, prénom turc signifiant « Paix ». Barış raconte l'histoire marquante qu'il a vécu durant son enfance ainsi que les différents traumatismes qui ont découlé de son passé.

L'œuvre se situe à Istanbul mais aborde des sujets qui sont universels, cela permettait à l'auteur de voyager durant l'écriture et s'intéresser à de nouveaux paysages !

L'histoire intitulé L'étoile de Şirince suit l'histoire de Süreyya, une jeune femme qui subit la solitude de vivre dans un petit village en Turquie. Elle y rencontre un nouvel ami, Emir, qui l'aide à se sentir accompagnée malgré les différents problèmes qu'elle peut avoir sur son chemin.

Toutes les œuvres écrites par Baptiste Shizeh auront une volonté de faire voyager ses lecteurs à sa façon.

REMERCIEMENTS

Je tiens à remercier toutes les personnes qui sont actuellement en train de lire cette page, ainsi que celles et ceux qui m'ont permis d'arriver à bout de ces écrits, qui me soutiennent et m'aiment inconditionnellement, ces pages vous appartiennent autant qu'à moi.

Remerciement à ma maman pour son courage et l'amour qu'elle me porte depuis ma naissance. Je suis très heureux et reconnaissant d'avoir la meilleure mentore pour pouvoir aborder la vie dans son entièreté.

Remerciement à tous mes amis que j'aime et qui inconsciemment me donne la force de croire en moi et en mes rêves.

Et enfin, remerciement à toutes les personnes qui m'ont blessé,

Merci.

Shizeh

Sous les cerisiers d'Istanbul.

Première œuvre littéraire de Baptiste Shizeh.

Baptiste Shizeh